KB110742

들여다 보면 참 재밌답니다

소통과 힐링의 시

들여다보면
참 재있답니다

김태희 시집

출판이안

소통과 힐링의 시

들여다보면 참 재있답니다

초판 인쇄 ㅣ 2015년 12월 15일
초판 발행 ㅣ 2015년 12월 18일

지은이 ㅣ 김태희
펴낸곳 ㅣ 출판이안

펴낸이 ㅣ 이인환
등   록 ㅣ 2010년 제2010-4호
편   집 ㅣ 이도경, 김민주
주   소 ㅣ 경기도 이천시 호법면 단천리 414-6
전   화 ㅣ 031)636-7464, 010-2538-8468
팩   스 ㅣ 070-8283-7467
인   쇄 ㅣ 이노비즈
이메일 ㅣ yakyeo@hanmail.net
홈카페 ㅣ http://cafe.daum.net/leeAn

ISBN : 979-11-85772-19-6(03810)

「이 도서의 국립중앙도서관 출판예정도서목록(CIP)은 서지정
보유통지원시스템 홈페이지(http://seoji.nl.go.kr)와 국가자료
공동목록시스템(http://www.nl.go.kr/kolisnet)에서 이용하실
수 있습니다. (CIP제어번호: CIP2015032719」

값 11,500원

맑은 거울 갖고 싶나요?
　어린이 눈으로 보세요

　좋은 세상 보고 싶은가요?
어린이 마음으로 보세요

들여다 보면 재밌답니다
　재밌게 봐야 보인답니다

　　- 편집부 일동

저는 늘 새롭게 발전해 갈 것이라 믿습니다

6년 동안 일기에 쓰기도 하고, 잊어버릴까 봐 짧은 시로 쓰기 시작했습니다. 어느새 100여 편이 넘는 작품들을 모아 보니 뿌듯합니다.

시집을 낸다니 부끄러웠습니다. 괜히 잘난 척한다는 소리 들을까 봐, 또는 이것도 시라고 썼냐는 소리를 들을까 봐 정말 부끄러웠습니다. 시집을 낸다고 할 때 많이 망설였던 이유이기도 합니다.

하지만 이제 이렇게 부끄러움을 무릅쓰고 시집을 내는 이유는 제가 늘 새롭게 발전해 갈 것이라 믿기 때문입니다. 이렇게 용기를 낼 수 있도록 도와주신 선생님과 부모님, 친구들에게 감사드립니다. 세 시를 보고 시집을 내면 좋겠다며 자신감을 심어주신 출판사 선생님께도 감사드립니다.

저는 지금까지 작가는 굉장히 똑똑한 사람만이 될 수 있는 줄 알았습니다. 시인은 특별한 뇌구조를 가진 사람만이 되는 줄 알았습니다. 하지만 지금은 생각이 달라졌습니다. 자신이 겪은 이야기를 글로 옮길 줄 알면 누구나 쉽게 작가가 되고, 시인이 될 수 있다는 용기를 얻었습니다.

작가는 특별한 뇌를 가진 사람만이 될 수 있다는 생각으로 글쓰기를 어려워하는 친구들에게 용기를 주었으면 좋겠습니다. 주변 사람과 사물에 조금만 관심을 갖고 애정을 가지면 누구나 어렵지 않게 글을 쓸 수 있다는 자신감을 갖게 했으면 좋겠습니다.

제 시집을 펼쳐 보시는 모든 분들에게 감사드립니다. 아직은 많이 부족하다는 것을 알고 있습니다. 앞으로 더욱 배워가겠습니다. 조금 부족한 부분이 보이더라도 부디 넓은 아량으로 감싸 주셨으면 합니다.

감사합니다.

2015년 11월 29일
일시초등학교 6학년
김태희 올림

차례

3부

하나로
만들어주지 않을래?

4부

세상의 모든 단어를
품으며 애쓰지만

찬란한
무지개를 꿈꾸며

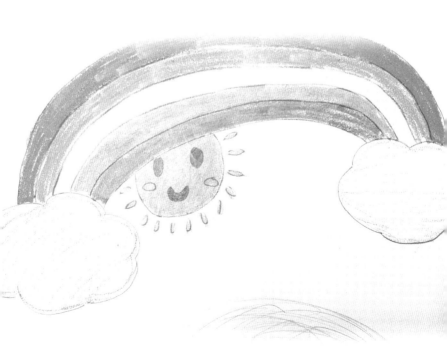

아직은 모르겠지만
곧 소식이 있을 거예요
조금만 기다려주세요

꽃

아침에 방긋 웃고
낮에는 활짝 웃고
저녁에는 살며시 웃고
밤에는 슬며시 웃는다

아침 해

안개 낀 오늘 아침
저 멀리 해가 아른거린다
빨갛게 타오르고 있다
오늘도 세상을 밝히고 있다

윤슬

하늘에 떠있는
달이
물을 비추어 본다

하늘에 머무르던
바람이
물 위를 지나간다

찰랑찰랑
조그마한 파동과 함께
달빛이 움직인다

햇살

구름 너머 비치는
저 햇살

노랗게
구름을 물들였다
노란 구름은
저 멀리로 간다

아름다운
저녁 햇살

별

우주에서
해 곁에 있다가
제 빛을 내지 못해 슬퍼한다

하지만 지구에선
해 곁에 없어도 되니까
반짝반짝

잘도 웃는다

봄꽃들

벚꽃이 폈다
한 가지에 대롱대롱
수없이 폈다

새 하얀 목련
가지 위에
수련이 폈다

노랑노랑 개나리
옹기종기 앉아서
하루 종일 논다

진분홍빛 진달래
누구보다 늦게 일어났지만
활짝 웃으며 앉아 있다

조그마한 민들레
아직은 모르겠지만
곧 소식이 있을 거예요
조금만 기다려주세요

노크

아침에 누군가가
똑똑똑
노크를 한다

날 부르는 소리에
나가 보니
햇빛이 부르고 있었다

안녕, 좋은 아침이야.
해에게 아침 인사를 한다

하늘 그림

파레트 위에
물감을 풀어
그림을 그린다

넓게 펼쳐진
스케치북 위에
그림을 그린다

넓게 펼쳐진
끝없는 하늘과
그 앞에
나의 꿈을 담은
찬란한 무지개를
그린다

해의 숨바꼭질

꼭꼭 숨어라
머리카락 보일라

어서 숨어라, 해야
찾기 시작한다!

뭉게뭉게 구름 뒤에
꼭꼭 숨은 해

어디 숨었나?
못찾겠다 꾀꼬리

여기 있었네?

구름 뒤에서 나온 해

도시숲

도로와 인도 사이
작은 틈
벽돌과 벽돌 사이
작은 틈
콘크리트를 깨고 나온
작은 틈

그 틈 사이로
도시숲이 자라난다

이 세상을 지배하려는 듯이
점점 더 크게 자라온다

마치 원시시대로 돌아가려는 듯이
우리를 위협해온다

인공적으로 가로막은
생명의 터를 지키려
마지막으로 안간힘을 쓰며
무성히 자란다

더 크게
도시숲은 자란다

춤추는 나무

나무가 바람 따라 춤을 춥니다

이쪽 한 번 저쪽 한 번
남쪽 한 번 북쪽 한 번

살랑살랑 손을 흔들며 춤을 춥니다

여기 한 번 저기 한 번
동쪽 한 번 서쪽 한 번

우유들

하얀 우유
딸기 우유
초코 우유
메론 우유
바나나 우유
커피 우유

내가 좋아 하는
맛있는 우유들
여기 다 모였네

모래성

언젠간
파도에 휩쓸리겠지만
오늘도
난 굳건히 서 있을 거야

바람에 날려
한 알갱이씩 날아가겠지만
오늘도
바람을 맞을 거야

누군가는 날 생각하며
있을 테니까
그 아이가 다시 찾아와
그때처럼 그 자리에 있는
날 보면 좋겠다

오리 두 마리

조오그만 정릉천에
오리 두 마리가
둥둥둥 떠다닌다

꽥꽥꽥
오리 두 마리가
참말로 시끄럽다

자기들 딴엔
얘기한다지만
그냥 꽥꽥거린다

얼어붙은 강물이
춥지도 않나?

정답게
같이 걸어 다닌다

사랑

사랑?
뭘까?

음,
아마 엄마와 내가 사랑하는 것

또?
뭐가 있을까?

내가 물고기들을 사랑하는 것
또, 엄마와 아빠가 사랑하는 것
예수님이 우리를 사랑하는 것

그래.
그게 사랑이야.

해바라기

하늘 보고
우두커니
서 있다

햇님 나오길
간절히
바란다

목 쭉 빼고
햇님만을
기다린다

어서어서
밤이 가길
기다린다

풍선

하늘을 가로지르는
형형색색의
비눗방울들

언젠간 어딘가에서
터져버리겠지

하지만 난
오늘도
조용히
꿈을 불어넣는다

조그만
풍선에
커다란
꿈을 불어넣는다

없어질 수
있지만
터질 수

있지만

내일도
모레도
꿈을 불어넣을 것이다

들여다보면
참 재미있답니다

저 멀리에 있는 친구와 통화도 하고

찰칵! 사진도 찍고

아아! 녹음도 하고

개학날

이른 아침
잠에서 깨어 학교를 간다

이쪽에서 안녕 저쪽에서 안녕
이 친구도 안녕 저 친구도 안녕

오늘은 즐거운 개학날

지독한 비염

핑!
팽!
흥!
이런 지독한 비염 같으니

콱
떨어져버려!!

호떡

후~ 후~ 호떡
꿀이 들어 더 맛있네

쫀득쫀득 반죽 속에
꿀 넣고
밤 넣고
꾸욱~ 찍어 먹으면

달콤달콤
맛있는 호떡!

후~ 후~ 호떡
꿀이 들어 더 맛있는
호떡!

닭살

오돌토돌 오돌토돌 닭살
올록볼록 올록볼록 닭살

추워 닭살 있고
쌀쌀 닭살 있고
하늘로 치솟은 닭살

따뜻 닭살 없고
뜨끈 닭살 없고
땅으로 꺼져버린 닭살

낡은 장난감

할머니 집에
낡은 장난감
옛날 어릴 때를
생각해 보면
참 유치하다

잘 안 된다고
때리다가
부서진 장난감

잘 놀다가도
금방 싫증내며
던져버린 장난감

옛날을 생각하면
참 유치하다

이젠 장난감도
놀아주기 싫은지
삐걱삐걱 소리만 낸다

버스

버스 안 사람들은
아주 재밌어요

옆에 버스가 지나가요

자는 사람
화장하는 사람
풍경을 구경하는 사람
웃는 사람
핸드폰을 보고 있는 사람

버스 안을 들여다보면
참 재밌답니다

구름의 대이동

구름이 움직인다
대단히 빠르다
바람 따라 움직인다

바람 따라 움직이는 저 구름
왠지 새 같다

구름아 어서 세계여행하고 오렴
바람아 구름 따라 갔다 오렴

하늘

푸른 바다
푸른 하늘

노란 들판
노란 하늘

붉은 단풍
붉은 하늘

하늘도 참
형형색색이다

꽃구름

하늘에 꽃구름이
넘실넘실
떠간다

무슨 좋은 소식이 있을는지
훨훨
떠간다

꽃구름 따라
내 마음도
넘실넘실 훨훨
떠간다

핸드폰

핸드폰은
참 신기해요

저 멀리에 있는 친구와 통화도 되고
찰칵! 사진도 찍고
아아! 녹음도 하고

참 신기한 물건이에요

숙제 없는 세상

숙제 없는 세상에선
숙제 안 해도 안 혼날 거야
숙제 안 했다 잔소리 안 들을 거야
숙제 안 가져갔다 야단 안 맞을 거야

만약에 숙제가 없다면
칭찬도 도장도 못 받는 거야?

이른 아침

이른 아침에 깨어
창밖을 바라보면
붉은 태양이 수평선 너머로
겨우겨우 올라오고 있었다

이른 아침에 깨어
창밖을 바라보면
푸르스름한 하늘이
붉게 물들어 가고 있었다

이른 아침에
태양이 잠에서 날 깨운다
아무 소리도 아무 행동도
하지 않았다

그저 이른 아침에
친구와 일어나고 싶었던 건 아닐까?

제일 마음에 드는 비

개구쟁이 비는
내렸다가 말다
내렸다가 말다

고집쟁이 비는
비만
주룩주룩

노는 비는
여기서 놀다
저기서 놀다

착한 비는
조금 내리다
말다

나는 나는
조금 내리는
착한 비가
제일 좋아

왜냐 하면
나는 비가
너무 많이
내리는 걸
싫어해서
착한 비가
제일 좋아

개미

조그만 놈이
우리처럼
머리 가슴 배 있다고
우겨댄다

더 이상 작다고
우리처럼
머리 가슴 배 있다고
놀려대지 말란다

참 웃긴 녀석이다

엄마의 최악머리

엄마의 머리
최악 머리

고모네 미용실에서
확 자르고
파마를 했는데
엄마의 머리
엄의 생애의 최악 머리

'고모가 진짜 미용사인가?'
의문이 든다

엄마의 최악머리2

빠글 빠글
뽀글 뽀글
엄마 머리
덩굴 머리

땡글 땡글
동글 동글
엄마 머리
덩굴 머리

나도 몰라보는
엄마 뒷모습
확 바뀐 엄마 머리
돌려놔요!

비는 깜짝쟁이

깜짝깜짝 비가
깜짝쟁이로 체인지!

맑다가도
쏴아아
구름 껴도
똑똑똑
안개 껴도
주룩주룩
밤에
달이 떴다가
주르륵
비가 내려
달가리는
나는야
깜짝쟁이 비

깜짝깜짝 비가
깜짝쟁이로 뿅!

놀다가도
쏴아아
자다가도
똑똑똑
식사하다
주룩주룩
아침에
해가 떠서
자리양보하고
강아지풀위에서
떼굴떼굴 구르며 노는
나는야
깜짝쟁이 비

서울 하늘

구름이 많이도 낀
서울 하늘

구름 뒤에서
해의 빛만이 보인다

언제쯤
해가 제 모습을 나타낼까

하나로
만들어주지 않을래?

떨어져 있는 우리는
아무런 의미가 없단다

나비에게

저 흰 꽃 위로
날아가는 나비야

어디서
그 향내를 맡고 왔니

저 아름다운 날개를 펴고
이곳으로 날아왔니

아름다운 나비야
이리로도 오렴

거울 친구

손을 흔들어
안녕 인사하면
인사해주고

속상해 울면
슬픔을 반으로 나누듯
같이 울어주고

백점 맞았다고
시험지를 보여주면
같이 백점 맞는

그런 친구
거울 친구

달

비 개이고
구름 뒤에
뽀오얗게
떠있는 달

까만 하늘
노란 별빛
뭉실 구름
그리고 달

달은 아마
밝을 거야
구름 뒤에
숨었지만

어서 나와
밝은 달아
당당하게
나와 보렴

토요일의 비

비가 온다
내 마음에도 비가 온다
놀고 싶은 내 마음

이 마음 때문에
울적하고 찝찝하다
이 마음을 어떻게 달랠까?

곧 갤 하늘과
곧 뜰 해를 생각하며
달래보자

신나게 뛰어놀며
웃을 내일을
생각하자

꽃가람길

가람을 따라
걸어본다

꽃도 살랑거리고
버드나무도 살랑거린다

물은 윤슬거리고
길은 꽃가람길

포근한 봄의 풍경에 잠겨
요즘의 우리의 삶에 잠시 무관심해 보자

아마 다른 곳이 보일 거야

다홍색 물감

산 너머의
다홍색 물감을 본 적 있니?

무언가와 함께
사라진
다홍색 물감

매일 매일
만나지만

하루 종일
만날 수는 없어

다홍색 물감 좀
찾아주지 않겠니?

스테이플러

한 장 한 장씩
떨어져 있는 우리를
하나로 만들어 주지 않을래?

한 장 한 장씩
떨어져 있는 우리는
아무런 의미가 없단다

그러니 하나로 만들어주지 않을래?
우리에게 의미를 부여해주지 않을래?

테이프

꽁꽁
감싸 주렴

나의 잘못을
덮어 주렴

나의 상처를
덮어 주렴

모두가
알 수 없게

벚꽃

벚꽃이 봄에만 핀다는
증거는 있을까?
꼭 그렇지만은 않다

벚꽃은 내 마음 속에서
아직도 분홍꽃을 피우며
내 마음 속 봄에서 자라고 있다

지는 건 언제일지 걱정하지 말자
365일 언제나 내 마음은 봄일 테니까

가을

가을 친구들
여기에 모두 모여 볼까?

나무에 빨강 노랑 주황
오색빛깔 단풍친구들
단풍친구들 바람에 날려
오래된 거리에 차곡차곡 쌓여
만나는 오색빛깔 새 거리

가을 친구들
여기에 모두 모여 볼까?

살랑살랑 부는 바람에
리듬 맞춰 춤추는 황금들판
바람의 말에 대답하듯이
"싸락싸락" 대답하는 황금들판

어디어디 또 없나?
가을 친구들 가을 친구들!
우리 함께 모두 놀아 볼까?

눈

4교시 수업시간
창밖에서 눈이 오네
동그랗고 작은 눈
회오리 만들며 날아가네

훠이 훠이
바람 친구와 함께
날아가네

점심 먹고 나서
뛰어노는 우리 위로
함박눈이 오네

깨끗한 눈이
우리의 마음을
열어주네

하얀 눈을
닮아 가자

크리스마스를 향해 달리는 시곗바늘

째깍째깍째깍
고요한 집에 시곗바늘 소리만 들린다

시곗바늘은 달리고 달려서
12시에 포개어졌다

시곗바늘이 소리치자
세상의 모든 사람들이 소리친다
메리 크리스마스!

연필

사가각 사가각

자기 몸 부셔 쓴다
아까운 줄 모르고 쓴다

그러다 뚝 끊어지면
그때서야 아파한다
그때서야 후회한다

바람

바람 바람 바람
부는 바람
서쪽에서 동쪽으로 부는 시원한 바람

아무도 모르게 스쳐가는
바람 바람 바람
부는 바람

캔디 디스펜서, 행복 디스펜서

"여기 사탕 하나요!"

손잡이를 돌린다
사탕이 또로록 나온다

"여기 행복하나요!"

손잡이를 돌린다
행복이 또로록 굴러나온다

달콤한 사탕처럼
꿈같은 행복

한 번 더 돌려보자
캔디 디스펜서
달콤한 사탕이
나오니까

한 번 더 돌려보자
행복 디스펜서
꿈같은 행복이
나오니까

아~ 졸려

하암
하품소리
나 자라 재촉한다

꿈뻑꿈뻑
감기는 눈
나 자라 재촉한다

이제는
눈 잠깐 감고
상상하자

저 푸른 바다를
저 넓은 바다를

그러다가
아~ 졸려 하고는
새근새근
잠들어버린다

크리스마스가 되면

크리스마스가 되면
뭘 갖고 싶니?

재미있는 소설책
하! 하! 웃긴 만화책
그리고 예쁜 그림을 갖고 싶어

크리스마스가 되면
뭘 먹고 싶니?

후루룩! 스프
새콤달콤한 샐러드와
쩝! 쩝! 스파게티를 먹고 싶어

진짜 진짜
크리스마스가 되면?

음 음
핸드폰을 갖고 싶어

알겠어
수리수리 마수리 뿅!

어,
어디가!

기대되는 어린이날 체육대회

내일은 내일은
체육대회를 한대요
두근두근
내 마음이
두근두근
친구의 마음도
두근두근
"아이, 떨려라!"
"긴장돼서 오줌 마려!" 할까 봐
난 걱정해요
내일은 오늘처럼
비 오지 않았음 좋겠어요
내일이 기대돼요.
내일이 빨리 왔음 좋겠어요.

세상의 모든 단어를
품으려 애쓰지만

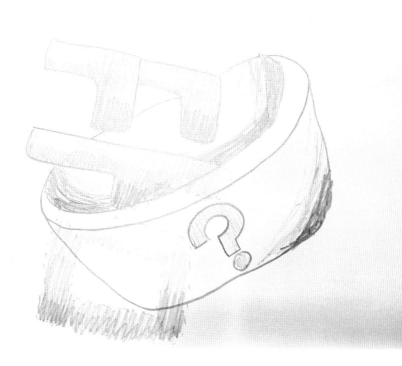

골목 속에 숨어라

빨리빨리 숨어라

사전

세상의 모든 단어를 품으려 애쓰지만
그렇지 못한다
세상의 단어는 계속 생기니까

슬프게도 인정할 수밖에 없는
사실이다
언제까지나 새로운 단어 없이
살 수는 없으니까

해

해는 지치지도 안나 봐
계속 자리를 지키고
우릴 째려보고 있어

12시간 그 자리에 있으라고 안 했는데
12시간 넘게 그 자리에 앉아 있어
다리도 안 저리나 봐

뱃고동

꾸르륵
뱃고동이 울린다

꾸르륵 꼬르르르
멈출 줄 모른다

인정사정없이
뱃고동이
꾸르르륵 꼬르르륵

추위

추위가 몰고 온
추움

우리 마을에도
추위가 왔나 봐

밖에 나갔더니
"아이 추워"

추위가 감기도
몰고 왔다

에취에취
감기에 걸린 사람들

나무

봄에는요
산들산들 바람 맞춰 새싹 피우다

여름에는
비 장단 맞춰 초록 잎 올라온다

가을엔
울긋불긋 과일나무처럼 흉내내보다가도

겨울이 오면
다시 초라해지는

나무, 나무랍니다

소나기

시도 때도
사람 안 가리고
내린다

아무 때나
마음대로
내린다

쏴아아
제 맘대로

똑똑똑
싫은데도
내린다

전화

띠리리링
전화가 울린다

여보세요?
전화를 받았다

안녕?
내 친구다

숙제는 19쪽이야
숙제를 잊었나 보다

안녕
전화를 끊는다

가을

단풍 들고
추운
그런 가을이 아니에요

아직
단풍 안 들고
조금 쌀쌀한
그런 가을이에요

참 이상한 가을이에요

골목 숨바꼭질

높은 담벼락으로 둘러져 있어
한치 앞 내다보기 힘든 골목
안개 같이 보기 힘든 담 사이로
빼꼼이 주변을 둘러 본다
저기 멀리서 날 찾으러 오시는
엄마의 목소리가 들려 온다

골목 속에 숨어라
빨리빨리 숨어라

달도 피곤해

까만 하늘을 바라보니
달님이 누워 있다
어제까지만 해도 일어나 있던
달님이 누워 있다

달님, 달님, 일어나보세요
외쳐도 누워 있다
눈을 비비고 봐도
달님은 누워 있다

하~암
저기 멀리 우주에서
달님이 하품을 한다
달도 피곤한가 보다

학교 가는 길

마음은 들뜨고
기분은 상쾌한데

비가 내린다
내 마음도 모르고
주룩주룩 내린다

별 사탕

별 사탕에
소원을 빌고
오도독 오도독
깨물다 보면
금방 사라진다
눈 깜빡할 사이에 사라져 버린다

혹시 소원이
사라진 걸까

다시
별 사탕에
소원을 빌고
오독 오독
깨물어 먹었다

또 쉽게 사라져 버렸다

꽃잎과 바람

바람은 꽃잎을 좋아해
꽃잎 끝에서
바람은
굴러도 보고
책도 보고
요가도 하고
즐겁게 즐기고 떠난다

이런,
꽃잎은 섭섭해서 어쩌나?

봄

봄봄봄 봄이 온대요
눈 녹고 동면하고 있던
동물들이 깨어나는

봄봄봄 봄이 온대요
꽃들이 활짝 펴서
벌과 나비가 오라고 부르는

아침에 일어나면
꽃향기 그윽
벌과 나비 가득

아름다운 봄의
풍경에 빠질까 봐
걱정됩니다

수채화 하늘

구름 없이
수채화 푼 듯한
하늘

높고도 높은
푸르른
가을 하늘

하늘에
하늘, 파랑
수채화를 떨궜다.

금붕어

뻐끔뻐끔뻐끔
숨쉴 때마다
공기방울이 올라온다

내가 다가올 때마다
뻐끔뻐끔뻐끔
어항 벽을 툭툭 두드린다

앉아있는 비둘기

길가에 비둘기가 앉아 있다
한쪽에는 차가 빠르게 달리고 있지만
비둘기는 아직도 앉아 있다

얘기라도 하고 싶지만
비둘기는 사람 말을 못해
나도 비둘기 말을 못해

다가가고도 싶지만
비둘기는 나한테 못 와
나도 비둘기한테 못 가
못 가는 게 아니라 안 갈 거야!
왜냐면 나는
비둘기가 무섭거든

추석 선물

달에서 떡방아 찧던
토끼 삼형제가
'떡성'이란 회사에
사표 내고 내려왔네

뚝! 떨어진 순간,
무언가에 칭칭 감겨
답답하게 있어야 했네

아이 답답해
아이 답답해

소원을 들어 준 것인지

핑크 공주 토끼는
첫째 수아에게
듬직한 회색 토끼는
둘째 서율이에게
하얀 아기 토끼는
막내 서현이에게

근데 이게
웬일일까?

혼자 있는
핑크 공주 토끼는 울고

같이 있는
듬직한 회색 토끼와
하얀 아기 토끼의 웃음

빨래

빨래 빨래
즐거운 빨래
이불을 욕조에 넣고
물을 많이 채워

빨래 빨래
즐거운 빨래
뜨거운 물 차가운 물
골고루 섞어

빨래 빨래
즐거운 빨래
바지를 걷고 들어가서
이불을 꽉꽉 골고루 밟아

빨래 빨래
즐거운 빨래
구정물 깨끗한 물이 될 때까지
밟고 또 밟아

빨래 빨래
즐거운 빨래
욕조에서 꺼내 물을 빼고
세탁기에 탈수를 해

빨래 빨래
즐거운 빨래
이제 다 마르게 건조하자
빨랫줄에 걸어

엄마와 함께 한 빨래
끝!

눈

어젯밤에
내린 눈

차곡차곡
쌓였다

사람들이
밟고 가지만

또 차곡차곡
빼곡히 쌓인다

눈은 세상을
얼게 만들고 싶은데
사람들은 모른다

그래도 계속 내리는
눈

내 꿈은
어디 담아야 할까?

나쁜 마음이 지나간 자리에는

검은 발자국만이 있을 뿐

왜 또?

왜 또 짜증내는데?
왜 또 화내는데?
왜 또 화풀이하는데?

짜증내고
화내고
화풀이할 때면
엄마 잔소리에 꼭 붙는
왜 또

그러다 방긋 웃으면
넌 또 왜 또 웃니? 한다.

꿈바구니

내 꿈은 어디 담아야 할까?
꿈그릇?
꿈그릇은 너무 작다

꿈바구니는 어떨까?
딱 나에게 맞는 것 같다.

나중에는 더 커져서
안 맞을지는 모르겠지만
13살인 나에게는 잘 맞는 것 같다

수호

별은 달을
수호한다

구름은 해를
수호한다

누군가에겐
꼭 수호해주는
존재가 있어야만 한다

나는 누가
수호해주는 걸까?

삶의 전환점

매일
같은 길을 걷고
같은 일을 하고
같은 생각을 하는 것들이
지겹다고 느껴질 때면

그 때가 아마
삶의 전환점을 가져야 할 때가 아닐까?

마음의 눈

소복이 쌓인 눈
새하얗게 쌓였다

나쁜 마음이 지나간 자리에는
검은 발자국만이 있을 뿐

시계

오늘도 시계는 움직인다

1분1초도 놓치지 않으려

초침은 1초를 따라
분침은 1분을 따라
시침은 1시간을 따라

그렇게 매일매일 시간을 쫓는다

커튼

구름이 지나간다
비가 내린다
하늘에 커튼이 드리운다

한 치 앞도
볼 수 없는
하늘의 커튼

언제쯤 걷힐지
그건,
아무도 모른다

개인 취향

개인의 취향은
그저 취향일 뿐이야
기준이 아니야
그러니 개인의 취향을 존중해야 해

안 해도 괜찮아

하기 싫으면
안 해도 괜찮아
남의 시선을 의지하지 마
그저 너의 뜻만
정확히 전해

노래

노래는 마법이야
기분을 전환하게 해줘

노래는 한 사람의 일이야
누군가는 사람들을 위해서 노래를 만들고
누군가는 사람들을 위해서 노래를 부르고
누군가는 사람들을 위해서 노래를 퍼뜨려

노래는 마법이 아니야
누군가의 작품일 뿐이야

슈퍼문

나는야
하늘을 지키는
슈퍼문

모든 이를 사랑하고
모든 이를 끌어안지

훨씬 커서
모든 별을 품을 수 있단다

사랑을 받고 싶다고?
나한테로 와
너희들을 끌어안을 자신 있으니까

대신
효력은 1일뿐!

밤 길

밤길은 너무 무섭습니다

찌르르르 소리내는
귀뚜라미

내 앞을 가로막는
어둠

또 사람들은 왜 이리
어슬렁거리는지

그래도
달님이 있어 다행이다
정말 다행이다

비

후두둑 후두둑
봄비
모르는 새에
돋아나는 새싹

투두둑 투두둑
여름비
한여름에
더위 식힌다

톡톡
가을비
단풍을 쳐서
후두둑 단풍을 떨어뜨리고

솔솔
겨울비
겨울비는
눈비

붉은 달

어제 저녁
하늘에 붉은 달이 떴다

온 세상을 물들일 듯이
하늘에 붉은 달이 떴다

하지만 그만 해에 밀려
져버리고 말았다

달빛이 사라져 간다

고요한 밤

어두컴컴하고 고요한 밤
난 이런 고요한 밤이 싫어
고요한 밤은 어둡거든

귀뚜라미가 우는 고요한 밤
난 지루한 고요한 밤이 싫어
고요한 밤은 멍해지거든

그럼 무슨 밤이 좋냐고?
시끄러운 밤!

단풍잎 사이로

단풍잎 사이로
지렁이가 보였다
평소라면 도망쳤겠지만
오늘만은
도망치지 않았다
지렁이는
단풍과 어울려
즐겁게 놀고 있었다

단풍잎 사이로
조약돌이 보였다
평소라면 찼겠지만
오늘만은
유심히 살펴보았다
조약돌은
가을의 색에 물들어
가만히 앉아있었다

단풍나무 사이로
엄마가 보인다

평소라면 달려갔겠지만
오늘만은
가을의 품에 안겨
천천히 걸어갔다
바스락 바스락
단풍잎 사이에 있는
작은 것들을 살펴보며

휴식

내 옆에서는
졸졸졸
은가람이 흐른다

어느 때는
더운 바람을
식히는 소나기도 내린다

내 마음을 누군가가
은가람을 흐르게 해다오
소나기도 내리게 해다오
내 마음을 맑게
휴식하게 해다오

개미

그 가는 허리에
무거운 짐을 나른다
아무도 도와주지 않는다

자기 허리가 부러져도 괜찮나 봐
힘들지도 안나 봐

사람들의 시선에 아랑곳하지 않고
묵묵히 자기 일한다

김치

김치, 김치, 김치
무엇이든 같이 먹어도 짱!
역시 우리 음식

김치, 김치, 김치
햄버거, 치킨, 감자튀김보다
영양이 가득!
역시 우리 음식

김치, 김치, 김치
생각만 해도 군침 가득!
역시 우리 음식

김치,
무엇이든 같이 먹어도 짱!
김치,
페스트푸드보다 영양 가득!
김치,
생각만 해도 군침 가득!

김치, 우리 음식
역시 우리 음식

더 큰 미래를
바라보렴

나 혼자는 할 수 없어

　그러니 도와주지 않을래

100을 넘어서

100은 끝이 아니란다
그저 무한한 가능성을 보여주는
하나일 뿐이야

그러니 100만 바라보지 말고
더 큰 미래를 바라보렴

화초

우리집 화초는
물만 주면
무식하게 자라요
무식하게 자라는 게 예쁘기도 하지만
불쌍하기도 해요

새하얀 것들

파도 거품도
눈도
도화지도
모두 새하얀 것들
모두 꿈 꿀 기회를 주는 것들
모두 꿈을 꿀 수 있는 것들
모두 꿈을 담을 수 있는 것들

퍼즐

서로 모여야 할 수 있어
모두 모여서 해야만 해
나 혼자는 할 수 없어
그러니 도와주지 않을래?

모두 모여 이룰 수 있어
아름다운 그림을
하나만 없어도 안 돼

신선들의 만찬

하늘에서 비가 오면
그건 신선들의 만찬

하늘에서 천둥소리 들리면
그건 신선들의 만찬

하늘에서 번개 치면
그건 신선들의 만찬

비 오는 것은
넘치는 술

천둥소리 들리는 것은
북치는 소리

번개 치는 것은
폭죽놀이

신선들의 만찬
우리의 비

나를 바르고 알차게 가꾸는 방법

나를 바르게 알고
알차게 가꾸는 방법은요

첫째, 욕하지 않기
둘째, 때리지 않기
셋째, 놀리지 않기
넷째, 나를 소중히 여기기
다섯째, 나를 사랑하기
여섯째, 언제나 나와 친구를 존중하기

나는 이 세상에서
하나밖에 없는 소중한
나랍니다

겨울 이야기

찬바람이 볼에 스치듯 지나간다
거리에는 두껍게 입고 있는 사람들
동물들도 이젠 잠을 잔다
밤새 눈이 내려 길거리에 소복이 쌓였고
물이 얼어 얼음이 되었다
그리고 크리스마스가 다가오는
어느 겨울날 이야기

세상

이 세상에는
좋은 사람 나쁜 사람
다 있다

부자인 사람 가난한 사람
다 있다

사람들은 다 다르다고 하지만

모두 사람이다
모두 같은 세상에 산다

사계절의 색

봄은 노란색

삐약삐약 병아리처럼
노란 봄은
새싹이 올라오는 싱그러운
노란 봄

하얀 건 여름

하얀 파도거품처럼
시원한 것이 필요한
하얀 여름은
하늘이 화가 나기도 한답니다

알록달록 가을

패션왕인 가을은요
알록달록 단풍을 만드는
단풍 제조기랍니다.

하얀 눈이 내리는 겨울은
투명해

맑고 투명한 아이들의 마음이
눈세상을 뒤덮으니까

십 원의 소중함

십 원만 없어도
지하철을 탈 수 없어

십 원만 없어도
버스를 탈 수 없어

십 원만 없어도
유료 주차장을 사용할 수 없어

십 원만 없어도
유료 화장실을 사용할 수 없어

십 원은 정말 소중해

책 한 장 책 한 권

책 한 장은
아주 가벼워
책 한 장 한 장이
모여서 만드는
책 한 권은
엄청 무거워

책 한 장에는
별거 없지만
책 한 장 한 장이
모여서 만드는
책 한 권은
엄청난 힘을 가지고 있어

나는
별로 할 수 있는 게 없지만
나와 네가
모여서 만드는
우리는
엄청난 힘을 가지고
무엇이든지 할 수 있어

티켓

저 조그만 종이 한 장이 뭐라고
내가 보고 싶은 가수 콘서트도 못보고
내가 보고 싶은 만화가의 만화도 못보고
정말 속상해

불쌍한 까마귀

까마귀는
딱히 머무를 곳도,
먹을 것을 구할 데도
아무것도 없나 보다
불쌍한 까마귀

불행을 가져다 준다고 하는
사람들의 시선이 무서운 건지
자신들의 목소리도 내지 못하는
불쌍한 까마귀

민들레

작은 생명이
벽돌을 뚫고
올라왔다

작은 것이
엄청난 힘을
가지고 있다

그 센 것 속에서
여리고 노란
꽃이 피었다

사진

사진은
그 날의 추억이다

그 날의 추억은 그대로
평생 남아 있을 것이고
그 날의 사진은
색이 바랬어도
그대로
그 날 그대로 남아 있을 것이다

공기

소리 없이
우리 곁을
지나간다

우리에겐 꼭
필요한 존재

무관심하지만
있어야 한다

이것이
너와 내가
살 수 있는 이유다

날개

모두에게는 날개가 있다
보이지 않는 날개

저 하늘 끝까지 날 수도 있지만
저 하늘 위에서부터 추락할 수도 있다

안녕

안녕의 의미는 두 가지다
그것도 정반대인 두 가지

희망일 수도 있고
절망일 수도 있다

하지만
그 의미를 정확히
파악할 수 있는 사람은 없다

김태희의 시에는 세상을 바라보는 호기심과
그것을 긍정적으로 꽃 피우려는
천진무구한 시인의 모습이 담겨 있다.

들여다보면
참 재있답니다

해설

들여다 봐야
보입니다

들여다 봐야 보입니다

이인환(시인, 독서논술지도사)

1. 어린이의 눈으로 정화한 시세계

"시를 배우면 감흥을 일으킬 줄 알고, 세상 보는 눈을 키울 수 있고, 어울려 살 줄 알고, 슬픔을 표현하며 정화해 나갈 수 있다. 아울러 가까이는 어버이를, 멀리는 임금을 섬길 수 있게 하며, 내 주변에 있는 새와 짐승, 풀과 나무의 이름을 많이 알게 한다."

공자님은 제자들에게 시를 배우는 것만으로 사람의 도리를 일깨울 수 있다고 했다. 그래서 수시로 제자들에게 시를 배워야 한다고 설파하셨다.

나는 그동안 평생학습 현장에서 어른들을 상대로 '소통과 힐링의 시창작교실'을 운영하면서 공자님의 말씀이 곧 진리라는 경험을 수없이 했다. 남편을 잃고 우울증에 빠질 지경이었는데 시를 쓰면서 세상을 보는 밝은 눈을 가졌다는 어르신부터, 사춘기 자녀와 갈등하느라 힘들었는데 시쓰기로 소통을 시도하면서 관계가 좋아졌다는 어머니들의 생생한 증언이 이를 뒷받침했다.

요즘은 시를 창작하기 위해 상상하고, 새로운 언어의 조합을 이루기 위해 노력하는 것으로 두뇌가 발달하고, 그로 인해 삶의 질적 변화가 일어날 수 있다고 증언하는 두뇌과학자들도 많이 나타나고 있다.

나는 그동안 시가 인간의 삶에 미치는 영향 중에 가장 큰 것이 소통과 힐링이라는 것을 믿고, 이런 경험을 널리 공유하기 위해 '소통과 힐링의 시'라는 기획 시리즈 시집을 출판하기 시작했다.

그런 중에 〈마중물〉이라는 공부방을 운영하는 후배의 추천으로 김태희 학생의 시를 접할 수 있었다. 처음에는 초등학생 작품이라는 마음에 가볍게 원고를 넘기기 시작했는데, 어느 순간 '아하!'라는 감탄사를 터트리며 그만 홀딱 마음을 뺏기고 말았다.

김태희의 시를 통해 공자님의 말씀이 정말 딱 맞다는 것을 다시 한번 확인할 수 있었다. 김태희의 시에는 어린이의 눈으로 정화한 세상의 모습이 담겨 있었다. 진솔하게 감흥과 슬픔을 표현하고, 여럿이 어울려 사는 삶의 지혜를 펼쳐 보이며, 주변의 사물과 소통하는 어린아이의 순진무구한 정신세계가 담겨 있었다.

'소통과 힐링의 시'라는 기획과 딱 맞아 떨어졌다. 망설일 이유가 없었다. 금방 마음을 빼앗겨 이제 독자들과 함께 하고자 이렇게 세상에 내놓아 본다.

2. 세상을 밝게 만드는 긍정적인 마인드

그동안 많은 아이들을 가르치면서, 또는 각종 백일장 대회의 심사위원으로 참여하면서 정말 많은 아이들의 글을 접했다. 그때마다 우선순위로 여긴 것은 글재주가 아니라 글 속에 담겨 있는 진솔한 삶의 모습이다. 그래서 '아하!'라는 감탄사가 나오기보다 왠지 영악스럽다는 느낌이 드는 글은 아무리 좋은 말과 뛰어난 재주로 이뤄진 글이라도 마음을 줄 수 없었다.

그런데 초등학교 6학년인 김태희의 글을 보면서 "아하!"라는 감탄사가 절로 터져 나왔다.

아침에 방긋 웃고
낮에는 활짝 웃고
저녁에는 살며시 웃고
밤에는 슬며시 웃는다
 - '꽃' 전문

결코 꽃이 웃을 리 없다. 꽃을 바라보는 김태희가 웃었기 때문에 아침에도, 낮에도, 저녁에도, 밤에도 꽃이 웃는 것처럼 보였을 뿐이다. 부처 눈에는 부처가 보이듯 시인이 웃으니까 웃는 꽃의 모습이 보인 것이다. 김태희가 이런 것을 알고 이렇게 표현했을 거라 생각하지 않는다. 김태희는 그냥 자신의 진솔한 삶을 표현했을 것이다.

시란 그런 것이다. 아무리 꾸며도 감출 수 없는 것이 그대로 드러나는 게 바로 시다. 그렇기 때문에 시 속에 담겨 있는 해맑은 김태희의 세상을 바라보는 긍정적인 마음이 더욱 아름답게 다가온다. 시인이 웃으니 시가 웃고, 시가 웃으니 세상이 웃는다.

아침에 누군가가
똑똑똑
노크를 한다

날 부르는 소리에
나가 보니
햇빛이 부르고 있었다

안녕, 좋은 아침이야.
해에게 아침 인사를 한다
　- '노크' 전문

145

이 시는 어떤가? '좋은 아침'을 여는 학생의 긍정적인 마인드가 두 눈에 선하지 않은가? 아침을 긍정적인 마음으로 열지 못하는 이는 결코 듣지 못할 햇살의 노크 소리를 듣는 그 마음이, 그 삶이 한 편의 시에 그대로 담겨져 있다. 결코 이론으로 배운 글재주로는 쓸 수 없는 진솔한 표현이다.

넓게 펼쳐진
끝없는 하늘과
그 앞에
나의 꿈을 담은
찬란한 무지개를
그린다
　-'하늘그림' 중에서

언젠간
파도에 휩쓸리겠지만
오늘도
난 굳건히 서 있을 거야
　-'모래성' 중에서

언젠간 어딘가에서
터져버리겠지

하지만 난

오늘도

조용히

꿈을 불어넣는다

- '풍선' 중에서

주변에 긍정적인 영향을 끼치는 사람이 좋은 사람이듯이 세상에 긍정적인 영향을 끼치는 시가 좋은 시다. 행복하려면 좋은 사람과 좋은 시를 가까이 해야 한다. 김태희의 시에는 세상을 밝게 만드는 긍정적인 에너지가, 세상을 긍정적으로 바라보게 만드는 큰 힘이 있다. 김태희의 시는 항상 곁에 두고 함께 할 가치가 있다.

3. 순진무구한 호기심과 톡톡 튀는 창의력

지금은 창의력이 시대다. 인터넷이 발달하고, 인간보다 뛰어난 능력을 가진 로봇의 출현이 현실화되고 있는 시점에서 창의력은 필수 능력이다. 앞으로 프로그램화된 지식을 필요로 하는 일이나, 힘을 써야 하는 일은 컴퓨터나 로봇이 대체할 확률이 높다. 창의력이 부족한 인간은 조만간 로봇에게 종속될 수밖에 없다는 예측을 절대 무시해서는 안 된다.

창의력은 호기심과 도전정신으로 이뤄진다. 호기심이 도전정신을 낳고, 도전정신은 무에서 유를 창조하는 힘을 발휘한다.

　시는 창의력의 결정체다. 세상에 대한 호기심이 시의 씨앗이 되고, 그 씨앗을 시인의 언어로 가꾸고 꽃 피워 열매를 맺은 것이 시다.

　김태희의 시에는 세상을 바라보는 호기심과 그것을 긍정적으로 꽃 피우려는 천진무구한 시인의 모습이 담겨 있다.

　　　버스 안 사람들은
　　　아주 재밌어요

　　　옆에 버스가 지나가요

　　　자는 사람
　　　화장하는 사람
　　　풍경을 구경하는 사람
　　　웃는 사람
　　　핸드폰을 보고 있는 사람

　　　버스 안을 들여다보면
　　　참 재밌답니다
　　　- '버스' 전문

어디 버스 안뿐이랴. 세상을 재밌게 바라보는 시인의 마음이 아름답다. 천진무구한 호기심이 없다면 노래하기 힘든 버스 안 풍경이다.

놀다가도
쏴아아
자다가도
똑똑똑
식사하다
주륵주륵
아침에
해가 떠서
자리양보하고
강아지풀 위에서
떼굴떼굴 구르며 노는
나는야
깜짝쟁이 비
- '비는 깜짝쟁이' 중에서

김태희의 시에는 톡톡 튀는 창의력이 돋보인다. 그 창의력의 근원을 보면 세상을 긍정적으로 바라보는 순진무구한 호기심이 자리잡고 있음을 알 수 있다.

4. 참된 삶을 추구하는 진솔한 자기고백

시는 크게 네 가지 관점으로 평가한다.

첫째는 구조론적 관점으로 시에 그대로 드러난 표현과 언어적 기교에 초점을 둔다. 시 자체를 통해 그대로 느끼고 받아들이는 것으로 평가하는 것이다.

둘째는 표현론적 관점으로 시인의 삶과 시를 결부시켜 평가하는 것이다. 아무리 그럴듯한 주제를 갖춘 시라도 시인의 삶이 엉망이라면 그것은 좋은 시로 평가받을 수 없다. 시인이라면 이런 점을 명심하고 좋은 시만 쓰려고 할 것이 아니라 먼저 좋은 삶을 살려고 노력해야 한다.

셋째는 효용론적 관점으로 시를 통해 독자가 무엇을 받아 들여야 하는지 살피는 것이다. 즉 시에 담겨 있는 주제를 중심으로 평가하는 것이다. 독자에게 감흥을 주지 못하면 그것도 좋은 시라고 평가받을 수 없다.

넷째는 반영론적 관점으로 시인이 살았던 시대적 상황을 시와 결부시켜 평가하는 것이다. 시인은 어떠한 형태로든 자신이 살았던 시대적 상황에 맞는 정서를 담게 된다.

이제 김태희의 시도 세상에 얼굴을 비추면서 많은 이들에게 네 가지 관점으로 평가를 받을 것이다. 언어적 기교와 미적 표현 (구조론)뿐만 아니라 초등학생 6학년이라는 것(표현론), 김태희의 시가 독자에게 미치는 영향(효용론), 그리고 김태희가 살았던 2010년대의 사회적 환경(반영론)이 평가의 중요한 잣대로 작용할 것이다.

좋은 시는 세상에 긍정적인 영향을 끼치는 시다. 그런 점에서 김태희의 시는 표현론과 효용론적 관점으로 보면 좋은 시가 갖춰야 할 긍정적인 요소를 잘 갖추고 있다.

비가 온다
내 마음에도 비가 온다
놀고 싶은 내 마음

이 마음 때문에
울적하고 찜찜하다
이 마음을 어떻게 달랠까?

곧 개일 하늘과
곧 뜰 해를 생각하며
달래보자

신나게 뛰어놀며
웃을 내일을
생각하자
- '토요일의 비' 전문

'토요일의 비'라는 시가 만약 2연의 '이 마음을 어떻게 달랠까?'로 끝났다면 그것은 낙서, 또는 넋두리로 끝났을지 모른다. 하지만 김태희는 '웃으며 내일을/ 생각하자'는 메시지를 담으며 시의 효용론적 가치를 긍정적으로 전환시킨다.

구조론적 관점으로 평가하면 기승전결의 형식으로 뻔한 결론을 이끌어 내는 식상한 논리 전개로만 보여 시적 완성도는 떨어진 것으로 볼 수 있다. 지나치게 효용론적 가치를 강조하면서 독자의 마음을 사로잡아야 할 감성을 놓치고 논리적인 전개로 빠진 오류도 어느 정도 보이기 때문이다.

하지만 표현론적 관점으로 접근하면 초등학교 6학년 학생인 김태희의 톡톡 튀는 창의적인 표현과 순진무구한 감성 표현을 받아 들이는데 부족함이 없음을 알 수 있다.

　　　한 장 한 장씩
　　　떨어져 있는 우리를
　　　하나로 만들어 주지 않을래?

　　　한 장 한 장씩
　　　떨어져 있는 우리는
　　　아무런 의미가 없단다
　　　- '스테이플러' 중에서

꽁꽁

감싸 주렴

나의 잘못을

덮어 주렴

나의 상처를

덮어 주렴

모두가

알 수 없게

- '테이프' 전문

'스테이플러'와 '테이프'도 마찬가지다. 어른이 쓴 시라면 시의 효용론적 가치를 너무 강조했다는 느낌을 받아 감성적으로 부족함을 느끼는 독자도 있을 것이다. 하지만 초등학교 6학년 학생인 김태희가 쓴 시라는 표현론적 관점으로 보면 그 의미는 달라진다. 순진무구한 학생이 학용품의 유용한 쓰임에 착안해서 세상을 어떻게 살아야 하는지를 깨닫고, 본인 스스로 학용품과 같이 세상에 쓸모있는 존재가 되기 위해 그렇게 살아야겠다는 자기고백으로 들리기 때문이다.

벚꽃이 봄에만 핀다는

증거는 있을까?

꼭 그렇지만은 않다

벚꽃은 내 마음 속에서

아직도 분홍꽃을 피우며

내 마음 속 봄에서 자라고 있다

- '벚꽃' 중에서

　김태희의 시에는 끊임없이 존재의 의미를 묻고 스스로 답하며 자신을 알아가려고 노력하는 삶의 자세가 담겨 있다. 그래서 더욱 표현론과 효용론적 관점에서 긍정적인 마인드가 더욱 가슴에 깊이 새겨진다.

소복이 쌓인 눈

새하얗게 쌓였다

나쁜 마음이 지나간 자리에는

검은 발자국만이 있을 뿐

- '마음의 눈' 전문

이 얼마나 가슴 뜨끔한 말인가? 13살 어린 학생이 눈길을 걸으면서 문득 이런 각성을 할 수 있다는 것은 정말 감탄할 일이다.

5. 끊임없는 자기 성찰과 자기 인식

세상에서 가장 현명한 사람은 자신을 아는 사람이고, 가장 어리석은 사람은 '나 자신을 알았노라'고 큰소리치는 사람이다. 그런데 현실적으로 자신을 잘 아는 사람은 신이 아닌 다음에 불가능에 가깝다. 따라서 결국 가장 현명한 사람은 자신을 알기 위해 끊임없이 성찰해 나가는 사람인 것이다.

내 꿈은 어디 담아야 할까?

꿈그릇?

꿈그릇은 너무 작다

꿈바구니는 어떨까?

딱 나에게 맞는 것 같다.

나중에는 더 커져서

안 맞을지는 모르겠지만

13살인 나에게는 잘 맞는 것 같다

- '꿈바구니' 전문

김태희는 13살인 자신의 위치를 잘 알고 있다. 지금 내가 아는 세계가 전부가 아니라는 것, 지금 내게 맞는 꿈바구니가 나중에 더 커질 수 있다는 것을 분명히 인식하고 있다. 지금의 나를 알고, 미래에 무궁한 발전가능성이 있다는 것을 분명히 알고 있다. 이보다 더 큰 지혜가 어디 있겠는가?

별은 달을
수호한다

구름은 해를
수호한다

누군가에겐
꼭 수호해주는
존재가 있어야만 한다

나는 누가
수호해주는 걸까?
- '수호' 전문

아울러 김태희는 인간은 사회적 동물로 결코 홀로 살 수 없는 것도 분명히 알고 있다. 지금은 '누가 나를 수호해주는 걸까?'라고 묻지만, 그 내면에는 자신도 누군가를 수호해 줘야 한다는 것을 인식하고 있는 것이다. 세상을 사는 지혜를 잘 드러내고 있다.

사랑을 받고 싶다고?
나한테로 와
너희들을 끌어안을 자신 있으니까
- '수퍼문' 중에서

서로 모여야 할 수 있어
모두 모여서 해야만 해
나 혼자는 할 수 없어
그러니 도와주지 않을래?
- '퍼즐' 중에서

나를 알기 위해서는 끊임없이 나를 성찰해야 하고, 나를 성찰하기 위해 시를 쓰는 것은 매우 현명한 선택이다. 나를 성찰하고 끊임없이 표현함으로써 세상과 소통하고 힐링하는 소중한 경험을 쌓을 수 있기 때문이다.

김태희는 끊임없이 자신을 성찰하는 시를 쓰면서 세상과 소통을 시도하고 있다. 그러다 보니 부정적인 마음은 씻겨나가고 긍정적인 마인드가 자리잡고 있다. 미래를 책임져야 할 동량인 시인 김태희의 앞날이 기대된다. 끊임없이 자신을 성찰하며 긍정적인 마인드로 더불어 사는 삶을 추구해 나가는 김태희 같은 사람이 많아진다면 얼마나 좋을까?

6. 아이의 미래를 걱정하는 부모들에게

토론 학습을 하다 보면 어른들보다 훨씬 뛰어난 논리적인 근거를 바탕으로 자기주장을 분명하게 하는 아이들을 많이 만난다. 김태희도 그중에 한 아이다. 초등학생이라고 믿기 어려울 정도로 교훈적인 내용을 담은 시가 많다.

> 100은 끝이 아니란다
> 그저 무한한 가능성을 보여주는
> 하나일 뿐이야
>
> 그러니 100만 바라보지 말고
> 더 큰 미래를 바라보렴
> - '100을 넘어서' 전문

김태희의 시는 자녀의 미래를 걱정하는 이 땅의 모든 부모님들이 꼭 봤으면 한다. 우리 아이들은 부모가 억척스레 가르치려 하지 않아도 걱정할 게 없을 정도로 알 것은 다 안다. 김태희의 시가 이를 증명한다.

개인의 취향은

그저 취향일 뿐이야

기준이 아니야

그러니 개인의 취향을 존중해야 해

- '개인취향' 전문

　지금 우리 사회에 가장 아쉬운 덕목은 배려다. 어른들도 말로는 배려가 중요하다는 것은 잘 알고 있지만 실천하기란 쉽지 않다. 그런데 김태희는 '개인의 취향을 존중하라'며 배려의 실천 방법을 제시하고 있다. 이 얼마나 정곡을 찌르는 말인가?

안 해도 괜찮아

하기 싫으면

안 해도 괜찮아

남의 시선을 의지하지 마

그저 너의 뜻만

정확히 전해

- '안 해도 괜찮아' 전문

　아이들은 하기 싫은 것은 하기 싫다고 분명하게 뜻을 전하는 경우가 많다. 하지만 그 말을 그대로 받아 주는 부모가 많지 않다. 그러다 보니 부모와 소통의 단절이 이뤄지고, 부모의 잔소리를 부르는 반항적인 아이로 변하는 것이다.

그런데 이 시를 보면 김태희의 부모는 아이의 의견을 최대한 존중해 주었을 것으로 짐작할 수 있다. 자신이 싫다는 의견을 피력했는데 부모에게 거절당한 아이라면 이런 표현을 할 수 없다. 어차피 말해봤자 소용없다는 생각으로 입을 다물었을 것이다. 김태희가 이런 시를 쓸 수 있었던 것은 그동안 자신이 그렇게 말했을 때 부모가 최대한 그 말을 들어준 경험이 있었기 때문에 가능한 일이다.

따라서 내 아이를 김태희처럼 긍정적이고 호기심 가득 찬 아이로 키우고 싶은 부모라면 꼭 새겨봤으면 한다. 만약에 내 아이가 김태희처럼 하기 싫은 것을 하기 싫다고 정확하게 뜻을 전해 온다면 어떻게 해야 할 것인가? 진정으로 아이와 소통하고 싶다면 먼저 있는 그대로 아이의 말을 들어주고 존중해줘야 한다. 김태희의 시는 자녀의 미래를 걱정하는 부모에게 자기반성의 기회를 제공한다.